小畑晴子 句集

Obata Haruko

蛍火

Hotarubi

文學の森

序

句集『蛍火』は小畑晴子さんの第五句集である。第五句集になって序文というのは要らないのではないかと大方の方は訝られるかもしれないが、晴子さんの句歴を見てみると、私がなぜこの序を書いているかを了解していただけるものと思っている。

小畑晴子さんの俳歴は古い。昭和四十二年に「山茶花」に入会して下村非文に師事、そのもとで句集『数珠玉』『山火』を上梓している。ついで昭和六十二年阿波野青畝主宰の「かつらぎ」に入会、その後「かつらぎ」主宰を継承された森田峠に師事されて、句集『勾玉』を編まれてきた。そして思うところあってと察するが、同人誌「晨」に入会されている。そして、「かつらぎ」を辞して、平成十八年に俳誌「運河」「天為」に入会されている。

第四句集『白帝城』を編まれたのは平成二十三年である。この句集は、「天為」の有馬朗人主宰の序に飾られている。

今回の第五句集『蛍火』は「運河」に発表した句を軸に編むことにしているので、その序をお願いしたいとは、かなり以前から頼まれ、了解していた。「山茶花」「かつらぎ」で培ってきた写生の目を生かして、晴子さんがどんな作品を「運河」で紡ぐのか、私は期待していたからである。「運河」には、どちらかといえば土俗的な匂いのする句が多いが、そんな中に分け入って、晴子さんはどんな句を作るのかを見たいとも思っていたからである。

「花野」「夜振火」「薬喰」の章の句を見てみたい。

梁の涅槃の雪に哭きにけり

月山の獣道より蝮捕り
強力とまがふ禰宜の荷山開
薬草の百は揃へる花野かな
青畝忌の涎の鮟鱇糶りにけり
（以上「花野」より）
的の蝶玉ととばして投扇興
涅槃図の鳥の側には虫のゐず
夜振火に一枚巖の現るる
温泉街あげて有馬の溝浚へ
測候所跡とは見えずお花畑
（以上「夜振火」より）
口遊む暮石の句あり犬ふぐり
虫送り了へて大きな星仰ぐ
弁慶に何も挿されず夏炉燃ゆ
白寿翁ことに健啖薬喰

一鍋はもつばかりなり薬喰
（以上「薬喰」より）

晴子さんの句のよろしさは、これまで学んで来たことを大切にしながら、絶えず前を向いて進んでいるところにある。なによりもことごとくの句が現場に足を運んで、そこでよく見つめ、よく見止めて詠まれている。

「花野」の章の、「梁の」の句、大寺の本堂にいての句と見れば、涅槃の雪の積もり様も見えて来る。梁の、時折軋む音も聞こえて来る。「月山の」の句、これまでの晴子さんには「蝮捕り」などという季語はなかった。こんな季語に挑むことで句の世界は広がる。「強力と」の句、山開きの神事に用いる一式の道具を負う禰宜、晴子さんが力を入れて詠む月山での句と思うとこの佳句は力を持つ。「薬草の」の句、花野を大きく捉えながらも景を描くのに秀でている。「青畝忌の」の句、晴子さんは阿波野青畝によってよく育てられた作家といってよい。

それに対する恩返しの意味も持った句だと私は思っている。青畝の鮟鱇の句といえば、

鮟鱇のよだれの先がとまりけり　青畝

という句だが、見続けて見止めた、みごとな写生句である。青畝忌の日、こんな鮟鱇を青畝が見た同じ糶場に来て晴子さんは見たに違いない。現場に通うことを厭わない晴子さんの姿の見えて来る句である。

「夜振火」の章に移る。「的の蝶」の句、写生句をなにによりと信頼する晴子さんのご自宅に招かれて、私も投扇興を楽しんだ。そのとき、晴子さんに写生の幅を広げてほしいとの思いから、私はこんな句を詠んだ。

青畝直筆の扇ぞ投扇興　和生

青畝直筆の扇を使って投扇興を楽しんだのではない。青畝直筆の扇を晴子さんなら持っておられるだろうと思って詠んだのである。体験

を踏まえて思い遣って句を詠むというのも写生の一方法であることを伝えたかったからである。「的の蝶」の写生は正攻法である。「涅槃図の」の句、写生を全うしようと思って「涅槃図」に見入って得た佳作である。「夜振火」の句、四万十川の夜振漁を見に行ってそれがサーチライトを使ったものだったので幻滅したことがあったが、晴子さんは昔ながらの松明を使った夜振漁の舟に乗っている。松明の火に照らされて大きな一枚巖が目の前に現れたのである。そんな驚きを力強く把握している。「温泉街」の句、溝浚えの句としては珍しい光景である。こんな句を得られるのも現場を踏むことにつとめているからである。この賑わいは他のところでは摑むことは出来ない。「測候所跡」の句、晴子さんが眼前しているのは美しいお花畑だが、そこは以前測候所のあった所、この大きな変化を一句に捉えた佳吟である。

「薬喰」の章に目を送ってみたい。この章あたりから晴子さんは、土俗的な世界にも足を踏み入れて句を詠もうとしていることが伝わってくる。「運河」の創刊主宰だった右城暮石の句も晴子さんは身に蓄え

ているこどが「口遊む」の句によって判る。おそらく晴子さんの口遊んでいた句は、

犬ふぐり女重なり合ひて見る　暮石

であろう。「虫送り」の句は、次いで「大和富士」の句があるから、夜のバスで宇陀山中に入っての所産である。句は脚で稼げともいうが、晴子さんの吟詠の場は広い。「弁慶に」の句、おそらく「運河」に加入してはじめてこの弁慶という言葉に出合い、これまで見て知っていたにも拘らず、その言葉に驚いての作句に違いない。「弁慶」とは、「あぶった魚を貫き通した串などを挿しておく一尺余りの巻藁」と辞書に出ている。「薬喰」の二句には、これまでになかった晴子さんの世界がある。白寿翁の句はさておき、「一鍋は」の句の、この即物具象の把握に目を見張り、ここまで「運河」の句の世界に到達したかと感心した思い出がある。先を見てみよう。

送水会白装束の咒師揃ふ
月山の力貰ひて山桜
赤腹の泳ぐ月山八合目
霧冷の炉を焚く月山参籠所
白鳥の雪に汚れて見えにけり
（以上「送水会」より）
バー落すことも一芸猿廻し
うかれ猫上七軒の一戸より
献上の苗提げて来て御田植
明月記黄ばみてをれど紙魚を見ず
輪の入りし手首足首泣相撲
（以上「泣相撲」より）
涅槃図の釈迦に女人の触れてゐず
袖囲ひして来る能の蛍籠
蛍火のシテの面をよぎりけり

嘉門次の炉に燻りゐる岩魚かな
鰭酒を重ねて長門泊りかな
（以上「蛍能」より）
一汁は亀の手の入る白魚飯
封人の家の八十八夜寒
鳴く鹿のよもすがらなり歌仙巻く
流行も不易も一如翁の忌
若冲の生家にも寄り年の市
（以上「お身拭」より）

「送水会」の章で抜き出した句は住まいの地、大阪を離れた旅吟である。旅に出たのだから今少しおおらかに詠んでもよいとも思うのだが、「送水会」の句など、少しも崩れるところなく、句の姿が引き締っていて美しい。晴子さんには月山の佳吟が多いが、ここの句も現場にいての把握の強さのよく現れている句である。「白鳥の」の句の、汚れてはというものの雪の白さが強く引き立ち、それでいて白鳥の白さも見えて来る。

「泣相撲」の章の句は地元での詠といってよい。それだけに対象にじっと食い入って丁寧に見て詠んだ佳品である。ことに「明月記」の句、見入ることにつとめた鋭い作品である。「泣相撲」の句、健康そのもののような稚の描写がほほえましい。

「蛍能」「お身拭」の章は、晴子さんが二年連続で、「運河」の同人賞である「浮標賞」を受賞した作品が主である。ここに挙げた句は「袖囲ひ」の一句を除いて、その受賞作であるが、旅にいての所産が多い。旅にいても、心昂ることなく、落ち着いて物をよく見て詠みとめている。「白魚飯」に付いて出て来た「亀の手」を詠んでいることにも目を止めている。「亀の手」は、磯の岩の間に付着している甲殻類だが、味噌汁に入れるとよい出しが出て旨い。こんなものにも目を送っている晴子さんに注目している。

さて、この二章ではこちたきことは言わぬが、「流行も」の句を詠むようになったことに私は眼を細めている。狙ってできる句ではないが、晴子さんは確実に作句の幅を広げてきていることが見てとれる。芭蕉の「旅に病んで」の句碑のある、御堂筋にある、難波別院南御堂での芭蕉忌句会に出ての所産と称えたい。毎年、同じ場所で行われる句会に出て、翁忌の句を詠むことによってこそ得られた佳作である。

なまはげの去りたる藁を拾ひけり
鶴首に蕗の花活け去来庵
一幕に日の傾きぬ嵯峨念仏
上弦の月を真上の夜振かな
一茎も畦をそれゐず曼珠沙華
（以上「嵯峨念仏」より）

白魚の弾ける命掬ひけり
手作りの厚さ揃はず海苔を漉く
大峯へ三荷の手桶蓮取会

船虫の散るさながらにとぶ如し
煤逃に句筵といふ良きがあり
（以上「白魚」より）

涅槃図の箱の上なる募金箱
潮騒は海の慟哭沖縄忌
箱庭の富士をつまみて置きにけり
水やれば箱庭に川うまれけり
原子炉の白亜八月十五日
（以上「箱庭」より）

晴子さんは、ことに師阿波野青畝の教えを守って写生の道をひたすらに歩んできた作家である。この写生の幅をどう広めるか、どう深めるか、なかなか困難な課題であるが、晴子さんはこれからの精進によってこの道を切り開かれるであろうと私は確信している。晴子さんのこれまでの句に、欠点のないのが欠点だと思ったことがあった。それほどまでに完成した句が多かった。どうこれを突き破るかが今後の課題である。

いま、この三つの章から抽出した句は、これからの晴子さんの進むべき道を見据えてのものである。写生句の完璧を目指す晴子さんには、「一幕に」「一茎も」「白魚の」「手作りの」「船虫の」「水やれば」の句の眼差しを大切にしてほしい。「なまはげの」「煤逃に」「涅槃図の」「箱庭の」の句の肩肘を張らない詠みぶりを大切にしてほしい。

そして、なによりも「潮騒は」「原子炉の」の句のように揺るぎのない詠みぶりの句を期待したい。素材の新しさをいうのではない。視野を広めて詠むことを期待したいのである。

次句集を期待して筆を擱きたい。

平成二十八年四月　雉の鳴き声頻りの日

茨木和生

句集　蛍火——目次

装丁　巖谷純介

句集　蛍火

ほたるび

花野

平成十八年

梁の涅槃の雪に哭きにけり

海明けを待てり番屋を繕ひて

僧兵に囲まれてゐる鶏合せ

赤子抱きして来る独活の初出荷

潮曇りとも鳥雲に入れるとも

厩出し待つ牧草の丈揃ふ

青洲の麻酔七草芽吹きけり

苗札に薬効を書く一と所

磯着したたたらせ茅の輪をくぐりけり

月山の獣道より蝮捕り

別箱の青畝の書簡黴びさせじ

水色の器揃へり鮎料理

火を焚いて安乗の海女は汗知らず

百歳の阿闍梨に夏炉焚かれあり

強力とまがふ禰宜の荷山開

雪渓の天に近きは汚れゐず

かたはらに丁石のある泉かな

履歴書は石川一お風入

虫送り畦を潰してしまひけり

薬草の百は揃へる花野かな

李白恋ひ月のうま酒干しにけり

鵙の贄比叡颪のひもすがら

浜木綿の帰り咲くなるルルドかな

火入れより始まる鞴祀りけり

久女でもかな女でもなし毛糸編む

箸紙にみすゞの詩ありふぐと汁

青畝忌の涎の鮟鱇耀りにけり

夜振火

平成十九年

ご神馬に飼葉奉納初詣

的の蝶玉ととばして投扇興

初漁の二尺越したる明石鯛

大阿蘇の野を焼く勢子の揃ひけり

銀泥の抜提河あり涅槃絵図

涅槃図の鳥の側には虫のゐず

内陣に溢るる造花花会式
春の雪鯖街道にふぶきけり

城門に立つ春窮の修行僧

薬草を摘みもし宇陀の野に遊ぶ

貝博士海藻博士磯遊
百丁の豆腐の届く安居寺

糴台は麦藁蛸にぬめりけり

祖谷高く住み六月の炉を焚けり

夜振火に一枚巖の現るる

鋭き声の一鳥立ちし夜振かな

温泉街あげて有馬の溝浚へ

測候所跡とは見えずお花畑

月山の霧の下り来る門火かな

金泉に銀泉に入り解夏の僧

山の辺の道の一戸に五倍子を干す

晩稲刈る湖北日和のたぐひなし

翁忌は今日寿貞忌は知らざりき

薬喰

平成二十年

歌仙堂より恋猫のとび出せり

口遊む暮石の句あり犬ふぐり

最澄の末寺にをりぬ涅槃雪

涅槃西風雪ともなひて来たりけり

鬼に似る熔岩のあり磯遊

小諸訪ふ虚子の忌日は過ぎたれど

太子道来て初蝶にあひにけり

遍路杖一歩は穢土を突きにけり

衣更へて伎芸天女にまみえけり

大岩を煙這ひゆく夜振かな

蛇の衣より風音の生まれけり

水鶏鳴く夜を船津屋に泊りけり

虫送り了へて大きな星仰ぐ

大和富士大きく見ゆる虫送り

強力に行者に夏炉焚きにけり

弁慶に何も挿されず夏炉燃ゆ

天瓜粉稚のふぐりのさくら色

蒙古斑薄れてをらず枇杷葉湯

鬚剃ればなかなか美男解夏の僧

石庭に月待つ膝を正しけり

風狂の顔を蓑虫出してをり

鯊の潮河口にふくれ来たりけり

霧笛鳴る三鬼住みたるこの街に
茸狩星引き連れて戻りけり

雑茸をどさと入れたるまたぎ飯

薬掘る一縷の鬚根損はず

火の恋し配流の帝恋ひくれば
クラークの立像のある牧閉ざす

宇陀の野に摘みて寒芹みづみづし

丹頂の影まで凍ててゐたりけり

深吉野の氷柱は櫛比なしにけり

寒垢離のまとへる風とすれ違ふ

綿虫の百に羽音のなかりけり

翁忌の月山日和授かりし

父の顔して夜神楽の神戻る

白寿翁ことに健啖薬喰

玻璃鳴らす妙見颪薬喰

一鍋はもつばかりなり薬喰

欠餅を簾干しして奥吉野

狐火や高天原の辺りより

送水会

平成二十一年

南座の楽屋口なる御慶かな

探鳥の道すがらなる野梅かな

枡満たすほど白魚の上がり来ず

送水会白装束の咒師揃ふ

雛流し了へたる潮の匂ひけり

玉ついて来るは稀なり野蒜摘む

空海の山よりしだれ桜かな

月山の力貰ひて山桜

集まらぬ萱を嘆きて茅の輪編む

蛍火や泊月の句碑読めずとも

赤腹の泳ぐ月山八合目

強力に背負はる登山病のひと

蠍座の真上に見ゆるハンモック

一軸は子規の仰臥図お風入

幽霊の絵にも花押やお風入

霧冷の炉を焚く月山参籠所

天狗風荒ぶ八朔相撲かな

寺を出てなほ寺のあり菊日和

深吉野の木の実しぐれに稿起す

適塾の大部屋ことに火の恋し

洪庵の像と並びて日向ぼこ

乾鮭をカムイの炉辺に燻しけり

白鳥の雪に汚れて見えにけり

人間国宝漉きてまに合ひ紙といふ

泣相撲

平成二十二年

バー落すことも一芸猿廻し
上座より香流れくる歌留多かな

歯固めにいぶりがつこの適ひけり

菊坂に暫し沿ひゆく恵方かな

うかれ猫上七軒の一戸より

くれなゐの茎の防風掘りだせり

搔きし手も松露も真砂まみれなる

玄海の砂礫受け松露搔く

毛刈待つ羊汚れてをりにけり
水口に英彦の幣ある植田かな

献上の苗提げて来て御田植

玉苗の輿早乙女をしたがへて

神の田に投げたる早苗直立す

空海の入定の堂蟻地獄

雷鳥に合ひ立山の霧にあふ

山開宮司背負はれ来たりけり

火口湖の下に見え来てお花畑

荒霧の白山一花よりしづく

曲り屋に良き風の来る端居かな

誤字あると記し定家の書を曝す

明月記黄ばみてをれど紙魚を見ず

放生会錦市場の一桶も

祭壇の桶の魚跳ね放生会

大鯉によろめく猊下放生会

天童と名づけたる稚児川施餓鬼

順風といふも仏恩舟施餓鬼

島抜けの流人を唄ふ踊かな

薬掘り了へて行基の水掬ぶ

秋の滝ひびく空海座禅窟

輪の入りし手首足首泣相撲

クルス山仰げば鷹の渡りけり

一葉の菊坂綿虫日和かな

みすゞ恋ひ雪の長門を訪ひにけり

焼諸屋みすゞ通りに笛ならす

一巡の岩魚骨酒炉火さかん

選広き師系に学び青畝の忌

血天井ある大寺の煤払

蛍能

平成二十三年

雪代に由良川渦をなしにけり

潮流もよしと若布刈の竿入るる

涅槃図の釈迦に女人の触れてゐず

涅槃図に描かれて毫も月欠けず

薬医門くぐりて来たる初燕

初つばめジュスト右近の像かすめ

星しかとある啓蟄の天道虫

湖に空に鳥ゐて蓮如の忌

種を蒔く言葉を土に置くやうに

百硯に宿墨もなき夏書かな

原稿の伏せ字そのまま晶子の忌

滝三つ経て来し水に河鹿鳴く

袖囲ひして来る能の蛍籠
献能の儀に蛍籠抱き来たる

蛍火のシテの面をよぎりけり

嘉門次の炉に燻りゐる岩魚かな

水貝をもてなし呉るる十尋海女

干し店の風鈴鳴れり法隆寺

鉾立ての下知とんでゐる天地かな

おうと投げ応と受けたる鉾の縄

花葛に狭められたる塩の道

船頭の艪を止めくるる良夜かな

写生派として子規の忌の句筵に

蘇を買ひて飛鳥といへる新酒買ふ

水落し来て鼈をさげてくる

一弁の長柄杓より菊の酒

赤飯も道詮の忌の志

鳥相撲杜にからすの来てをらず

舟でゆく花嫁にあふ白秋忌

ひと濁りさせ水餅のみづを替ふ

胴震ひして隠岐の牛雪払ふ

オリーブの醬の島に避寒かな

名香の焚かれてゐたり炉を開く

百畳に百の声明雪安居

鵺の鳴く道を戻りぬ報恩講

鰆酒を重ねて長門泊りかな

鴨のゐてさほどに高き滝ならず

お身拭

平成二十四年

降り込むと言ふは吉兆初弘法

緑青の銅鏡高値初弘法

かまくらに入りてとまどふ訛かな

かまくらに大阪弁をはばからず

かまくらの横丁童唄流す
牧師来る神父また来るかまくらに

かまくらに古き箱橇着きにけり

かまくらを出て綺羅星の空仰ぐ

一汁は亀の手の入る白魚飯

草の匂ひ野火のにほひの髪を梳く

お茶杓に利居士とありぬ宗易忌

貝母活けあるも次庵の志

三尊は白鳳のものお身拭

布固く絞れとの下知お身拭

白絹にいただく埃お身拭

お身拭浄布さほどに汚れゐず

放牧す田打桜の咲きたれば
封人の家の八十八夜寒

潮まねき沖の白帆を招きけり

狼の句碑に卯の花腐しかな

深吉野の霧に遅るる朴の花
霧来るも去るもくづれず朴の花

暮れ残る日差の眩し練供養

早苗饗に一斗の飯を炊きにけり

夢殿の影のとどける蟻地獄

甌穴に形代とらへられにけり

素戔嗚尊祀れる青嶺かな

絵襖の松の中なる茶立虫

葛の花ここより鯖街道に入る

稲の丈揃ひて稗の目立ちけり

鳴く鹿のよもすがらなり歌仙巻く

草氷柱して縹緲と草千里

流行も不易も一如翁の忌

翁忌の書架黒冊子赤冊子

木と存問石と存問翁の忌

大納言小豆つややか十夜粥

八重垣の宮の淫祠も神迎

神迎白兎の絵馬の揃ひけり

鷲鼻の面揃ひたる里神楽

若沖の生家にも寄り年の市

嵯峨念仏

平成二十五年

餅花に源氏名連ねありにけり

舞初の日を印しある置屋かな

一の矢は鳥を立たせて弓始

的に矢の届くは稀や弓始

雪掻の道具一式丁子屋に

なまはげの去りたる藁を拾ひけり

鶴首に蕗の花活け去来庵

波除けの岩の石蓴は掻かれゐず

等伯の涅槃図二階より垂らす

釈迦よりも若きは描かず涅槃変

涅槃図を拝してよりの写経かな

一幕に日の傾きぬ嵯峨念仏

土砂降りの雨の業平朝臣の忌

礫像の一縷の布の黴びてゐず

適塾に入るより黴の匂ひけり

適塾の医書も蔵書も黴匂ふ

歩板には花触れてゐず水芭蕉

銀竜草ここより行者径といふ

御田植みづら結ひたる巫女揃ふ

上弦の月を真上の夜振かな

渓水の底まで見えて河鹿笛

嘉門次の小屋混み合へる山開

群れゐたるハリヨ見てゐる清水かな

仏彫る三十丁の鑿涼し

一茎も畦をそれゐず曼珠沙華

鳴き過ぐる月の雁あり鳳凰堂

落し水すぐに濁りの消えにけり

斑鳩も平群も知りて稲雀

香を讃へ器をたたへ菊膾

寒泳のあがりて風に刺されけり

鍛練と名づけて鞴祀りけり

木箱とも見ゆる鞴を祀りけり

焼き入れの湯気ただならず鍛冶祭

大綿の漂ふ蛤御門かな

戒むる机上俳句や翁の忌

鳰の鈴ひびけり野鳥観測所

鴨の骨叩く暮石の句のやうに

即身仏もろともに山眠りけり

白魚

平成二十六年

白魚の弾ける命掬ひけり

手作りの厚さ揃はず海苔を漉く

初音せり陽石に手を触れをれば
融雪剤登城口に置かれあり

極彩の涅槃図に描く瑠璃蜥蜴

別れ雪仏足石に消えにけり

吉崎を湖を恋ひ蓮如の忌

貫入の良き器あり田螺和

大試験了へ鉄棒に倒立す

結といふ百人揃ひ屋根を葺く

砂盛りて磐座といふ山桜

小銭散らばれる干潟に潮仏

教会の十字架見ゆる磯遊

薬の日吉野に多き黄蘗かな

草木染体験もして薬狩

浮舟の話に及び新茶汲む

螢籠置くより闇の流れ来る

田戻りの冷えに一椀集汁

田戻りに夏炉の薪を足しにけり

阿闍梨道青大将のよぎりけり

早苗饗にまづ朝風呂を立てにけり

白樺に星の増えゆくハンモック

遠泳の勝者に神鼓とどろけり

海女桶に夕子とありぬ日向水

大峯へ三荷の手桶蓮取会

法螺貝も鉦も賑やか蛙とび

船虫の散るさながらにとぶ如し
熔岩に広げて利尻昆布干す

強力を先立ててゆく山開

高竈《おかみ》坐して喜雨の来たりけり

敦盛の笛を正して菊師去る

夕霧の墓の風化も冷まじき

棉を摘む日差やさしくなりにけり

今日ことに海荒れてをる晩稲刈

草紅葉せり猪罠の中にまで

月の蝕進みつつあり鹿鳴けり

探梅や聖徳太子のご廟まで

冬の灯や柾目を通し面を打つ

雄叫びと聞く月山の雪折れを

研ぎ上げし太刀曇りなし憂国忌

尻皮の猟夫の揃ひをりにけり

道行の木偶寒ざむと吊られあり

紙を漉く一枚ごとに国栖に老い

一山は闇のかたまり薬喰

煤逃に句筵といふ良きがあり

箱庭

平成二十七年

団参に菜飯炊かれてありにけり

菜飯盛る写しといへど魯山人

お涅槃の伽陀に潮騒加はりぬ

涅槃図の箱の上なる募金箱

畦に膝つきて合掌蓮如輿

蹄鉄を打ち直されて厩出し

漁れる舟蜃気楼やも知れず

筆作る布海苔の匂ひ薄暑くる

撒かれたる宝扇梵字読めざるも
執念かり鑑真廟のまくなぎは

胴長靴干して不漁の簗番屋

上賀茂へ献魚の鮎や簗番屋

漏刻祭矢羽根の動く水時計

シチズンとオメガ奉納漏刻祭

幽霊茸出る三輪山の獣道

万緑や倒木に座す野外弥撒

潮騒は海の慟哭沖縄忌
冷し馬毛並みいよいよ艶やかに

水神の宮の玉虫光りとぶ

背景に海と島あり夏芝居

箱庭の富士をつまみて置きにけり

水やれば箱庭に川うまれけり

銀の紙魚はしりけり殉教史

封人の家の夏炉に一過客

原子炉の白亜八月十五日

雄鶏図群鶏図あり若冲忌

去来忌を修す次庵の末座にて

博士とは籾のことなり茸狩

田仕舞に畦の崩れを直しけり

薬湯を焚きて田仕舞待ちにけり

海老蔵の睨みを模せる菊人形

郷四つあるかつらぎの柿日和

寒耀のげんげもつともぬめりをり

城仰ぎ鷹を仰ぎて放鷹会

放鷹会鷹にまぎれて鳶のとぶ

餌合子を鳴らし放鷹戻しけり

鷹匠の拳を鷹のあやまたず

綿虫の綾子生家の塀を越ゆ

夜神楽の神の酔態見てしまふ

風葬の山の狐火疑はず

放ちたる桶に氷魚の影泳ぐ

あとがき

『蛍火』は、『数珠玉』『山火』『勾玉』『白帝城』に続く、私の第五句集です。平成十八年から二十七年までの、「運河」歴十年を記念しての上梓です。各俳句大会の入賞句、総合誌の発表句も含めて、茨木和生先生にご選をお願いしました。

句集名『蛍火』は、収めました三五二句の中から、

蛍火のシテの面をよぎりけり

より名付けて下さいました。これは、宇陀市の阿紀神社において蛍能

を拝観しての句です。

私は二十八歳で俳句の世界にとび込み、俳句即人生の生活を続けてまいりました。俳歴が長く、下村非文、阿波野青畝、森田峠、有馬朗人、茨木和生の各先生に師事し、師系に恵まれたと思っています。特に「運河」では、俳歴を重ねた扱いにくい中途入会者の私を、快く受け入れて下さいました。その上で、私には未踏の世界だった土俗性を和生先生の作品から学ばせていただき、作句の幅を広げてくることができたのです。

最後になりましたが、ご多忙中にもかかわらず和生先生から身に余る序文を賜りましたこと、望外の喜びです。本当にありがとうございました。

また、「文學の森」のスタッフの皆様には感謝あるのみです。

平成二十八年六月　響きあう風鈴の庵にて

小畑晴子

著者略歴

小畑晴子（おばた・はるこ）

昭和15年６月12日大阪生れ
昭和42年　「山茶花」入会、下村非文に師事
昭和51年　第一句集『数珠玉』上梓
昭和62年　第二句集『山火』上梓
　　　　　「かつらぎ」入会、阿波野青畝・森田峠に師事、同人
平成12年　第三句集『勾玉』上梓
平成16年　「晨」入会・同人
平成18年　「天為」入会・同人、有馬朗人に師事
　　　　　「運河」入会・同人、茨木和生に師事
平成23年　第四句集『白帝城』上梓

豊中市立中央公民館「ひねり句会」講師
俳人協会会員・大阪俳人クラブ会員・国際俳句交流協会会員

現住所　〒561-0843　大阪府豊中市上津島2-22-9
電　話　06-6864-6226

句集

蛍《ほたる》火《び》

発　行　平成二十八年八月十三日
著　者　小畑晴子
発行者　大山基利
発行所　株式会社　文學の森
〒一六九―〇〇七五
東京都新宿区高田馬場二―一―二　田島ビル八階
tel 03-5292-9188　fax 03-5292-9199
e-mail mori@bungak.com
ホームページ　http://www.bungak.com
印刷・製本　潮　貞男

ISBN978-4-86438-566-4　C0092